MES LOISIRS,

OU RECUEIL

DE POÉSIES FUGITIVES,

DÉDIÉ

AUX HABITANS DE PERPIGNAN,

PAR M.ʳ COURTOIS,

ARTISTE DRAMATIQUE.

« La critique est aisée, et l'art est difficile. »

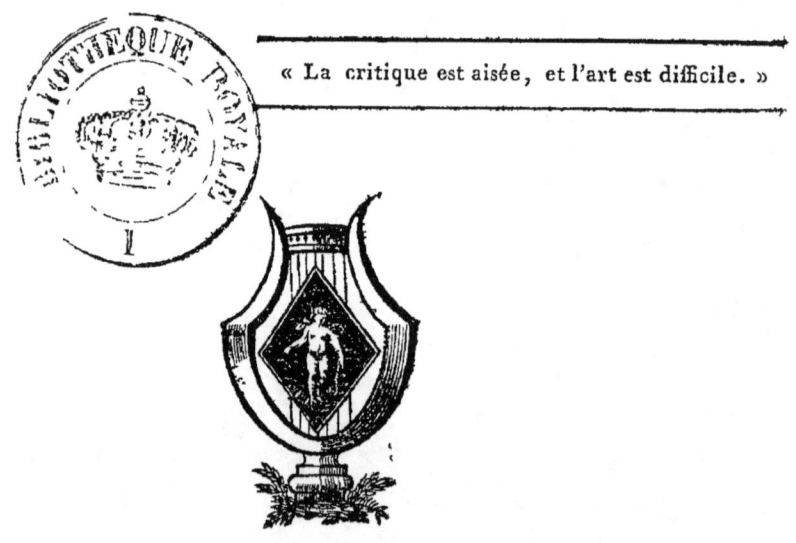

A PERPIGNAN,
DE L'IMPRIMERIE DE J. ALZINE.

1815.

ÉPITRE DÉDICATOIRE,

AUX PERPIGNANAIS.

*M*A muse, modeste et polie,
Croirait manquer de Courtoisie,
De reconnaissance et d'égards,
Braves Perpignanais, si, quittant ces remparts,
Qui furent trois ans mon asile,
Elle ne dirigeait encor sur votre ville,
Et ses derniers accens, et ses derniers regards.
Permettez que ma muse, en partant vous dédie
Ces timides enfans, qu'elle ose mettre au jour :
Volage, inconséquente, et toujours étourdie,
Vive, légère, gaie et sombre tour-à-tour,
Parfois elle se livre à la mélancolie,
Elle est capricieuse, et maligne à l'excès.
Rien moins que belle, elle a de la coquetterie,
Et bref, tous les défauts d'une femme jolie.
Mais, fort heureusement elle a le cœur français !
Elle est bonne, humaine, sensible,
Déplorant nos malheurs, et chantant nos succès.
Quoique femme elle est accessible
A la saine raison, dont elle est susceptible ;
Et femme raisonnable offre bien des attraits !
D'abord, elle chérit les Bourbons et la paix,
Du moins elle a fait son possible
Pour le prouver dans de faibles couplets,
Dont le cœur seul a fait les frais

Car, pendant un long temps tombée en léthargie ;
Dans son profond sommeil, hélas ! elle est vieillie ;
Et ne s'est réveillée, en cet heureux séjour,
Qu'aux accens de la paix, dont la douce harmonie ;
Annonçait des Bourbons le fortuné retour :
Elle a mêlé sa voix aux chœurs de la patrie,
Et vous offre les fruits de son pudique amour ;
Daignez, comblant ses vœux, agréer cet hommage ;
De mon profond respect, éclatant témoignage.

MA CONFESSION,

ÉPÎTRE.

—

Je suis un peu musard, défaut dont on m'accuse,
Cela vaut mieux qu'être méchant,
Fourbe, menteur, orgueilleux, médisant :
Oui, je conviens que volontiers je muse ;
Mais, si je muse au moins ce n'est qu'avec ma muse,
Quand de repos j'obtiens quelques instans ;
Avec elle, Messieurs, je m'use,
Et faisant pour rimer des efforts impuissans,
Peut-être que j'apprête à rire à mes dépens :
Mais non, de ce travers ma franchise m'excuse,
Eh ! qu'importe comment, pourvu, quand je m'amuse,
Que prenant part à mes amusemens,
Je vous voie envers moi vous montrer indulgens.
Vous ne verrez que trop dans mes vers à la glace,
    Que je suis plus d'à moitié fou,
    Et que j'ai pris le *Canigou*, (1)
Dans mon rêve, pour le Parnasse.
Je vous l'ai déjà dit, je rêve assez souvent ;
Mais en dormant, quand un censeur cynique,
Vient me lancer un trait mordant,
    Ainsi qu'une guêpe qui pique,
Je cherche à l'écraser, et j'ai je crois raison,
Ainsi qu'on le verra, de m'en faire un topique.

---

(1) Montagne la plus élevée des Pyrénées-Orientales.

Pour calmer la démangeaison ,
J'applique sur moi le caustique ,
    Avec un peu de sel attique ,
    Je suis sûr de ma guérison.
Qu'on me permette une comparaison :
Pour arracher le trait d'une horrible censure,
Et traite le censeur comme le scorpion ,
J'emploie à son égard la loi du talion.
Celui qui fit le mal doit guérir la blessure ,
    Je l'écrase sur la piqûre ,
Qu'il fit avec mauvaise intention.
    Et maint passant, m'a l'obligation
    De ne plus craindre la morsure ,
    De cet envenimé voisin.
Moi , des méchans je ne suis pas cousin :
    Je hais tout insecte ou reptile ,
    Porteur d'un noir venin.
    Quant à ce peuple volatile ,
Dont j'entends bourdonner l'essaim ,
    On veut s'y dérober en vain.
    Le Frelon , la Guêpe inutile
Se nourrissent du miel que l'abeille distille,
    Et l'imperceptible Cousin
    Doit il m'arrêter en chemin ?
    Il peut légèrement me nuire ;
    Mais il ne peut me détruire ,
En me blessant d'un trait malin
Peu dangereux , et souvent clandestin.
    Il ressemble à maint journaliste ,
Partial par instinct , par métier libelliste ,
Qui, parce qu'il a faim , vous mord sans nuls égards.

L'homme vraiment guidé par l'amour des beaux arts,
     Est un aigle qui fend la nue,
     En traversant cette épaisse cohue,
Il voit se dissiper bientôt de toutes parts,
Ce grouppe bourdonnant qui s'offrait à sa vue,
Ainsi que le Soleil dissipe les Brouillards.
Allant droit à son but, il les chasse, il en tue
A chaque pas qu'il fait, sans s'en apercevoir,
     Conséquemment sans le vouloir.
D'insectes venimeux la race est si fertile !
Quand vous en tuez cent, il en renaît cent mille ;
Pour les détruire, on fait des efforts superflus ;
Mais tous ceux qui sont morts au moins ne piquent plus.
Ah ! du peuple Frelon la race parasite,
Des hommes, et des Dieux devrait être proscrite,
J'en vois plus que jamais le Parnasse infesté,
     Et cette engeance maudite,
Le plus souvent s'attache au vrai mérite.
Pour Guêpes, ou Cousins, il n'est point de remparts,
Mais ces vils animaux, dans leur vaine furie,
     Contre les œuvres du génie,
Viennent tous émousser la pointe de leurs dards.

LA DÉMOCRATIE DES ANIMAUX.

FABLE.

—

Jadis, les animaux lassés
De n'être pas heureux, l'est on jamais assez ?
Voulurent de l'Etat changer l'ancien régime,
De ce désir hélas, souvent on est victime ! ! !
Ils avaient sur le Trône, un *Lion vertueux* :
Les méchans lui firent un crime
          Des sottises de ses aïeux.
Malgré leur injustice, il exauça leurs vœux.
          La nation fut convoquée,
Les Tigres et les Ours, les Moutons et les Loups ;
Mais les Renards sur-tout vinrent à l'assemblée,
Bref, par leurs députés, ils comparurent tous ;
On ne s'accorda pas au premier rendez-vous ; (1)
Mais pour chasser au loin la servitude,
Du pouvoir souverain on prit la plénitude ;
Le peuple se fit *Roi* sans beaucoup de débats ;
          Car consultez la multitude,
Bêtes, et gens, chacun veut régner ici-bas ;
Ainsi fut donc la liberté conquise,
Ensuite, on décréta les droits des animaux :
          L'égalité, sous sa devise,

———

(1) Les états généraux, convoqués par Louis XVI en 1788, dissous en 89, et remplacés par l'assemblée constituante, qui abolit la noblesse, décréta les droits de l'homme, *la liberté*, *l'egalité*, et en établissant ce prétendu système philosophique, ouvrit la source des plus affreux ravages.

Rassembla tous ces Rois nouveaux.

Il n'est personne à qui la loi ne plaise ,

On porta jusqu'aux cieux ce décret triomphant,

    Et l'Ecureuil se pama d'aise,

En se croyant l'égal de l'Eléphant.

    La liberté , des dieux est un présent sans doute ,

Tout en la désirant, le sage la redoute.

Il est un plus beau don qu'il fallait obtenir ,

C'est celui de savoir prudemment en jouir.

    Bientôt une affreuse licence

Du *Lion* avili détruisit la puissance. (1)

    Le tigre fut législateur ; (2)

Le Loup chroniqueur journaliste ; (3)

    Le bouc , fut dénonciateur , (4)

    Représentant et publiciste.

    On égorgea force moutons ,

    L'agneau périt près de sa mère ,

    On leur ravit dans les vallons ,

    Jusqu'à l'herbe la plus légère :

Ils convinrent enfin que, bravant les décrets,

Les plus forts règneraient toujours dans les guérets ,

Malgré l'égalité que si fort on renomme.

---

(1) Le *veto* dont le roi ne pouvait user , sans exciter le peuple à l'insurrection , ou plutôt à la révolte, suscitée et alimentée par les factieux , qui dirigèrent tour-à-tour les assemblées constituante , législative , et amenèrent les funestes journées des 21 Juin , du 10 Août , et enfin l'infame Convention.

(2) Robespierre.

(3) Hebert, rédacteur d'une feuille incendiaire , et plus connu sous le nom de père Duchène.

(4) Marat, autre terroriste , dont Charlotte Corday fit justice.

Les plus sensés alors recoururent à l'homme,
Et sous ses lois, ils vinrent se ranger,
Depuis ce temps ils eurent un berger :
    Sous sa houlette tutélaire,
Ils ne craignirent plus le tigre sanguinaire,
    Les lions, les ours, ni les loups.
Ce temps heureux, il luit enfin pour nous.

NOTICE

HISTORIQUE, CRITIQUE, ET RÉFUTATION.

Quand cette pièce parut clandestinement dans quelques journaux royalistes, qui prêchaient après la terreur le rétablissement de l'ordre, le dernier vers était ainsi conçu :

> *Ce temps heureux, quand luira-t-il pour nous !*

Depuis que mon vœu s'est réalisé, que les Bourbons nous sont rendus, j'ai substitué avec orgueil

> *Ce temps heureux, il luit enfin pour nous.*

Ces journaux furent proscrits ainsi que leurs auteurs, c'était en 1796, époque à laquelle MM l'Abbé Brottier, de la Villeurnoi, *etc.*, furent condamnés à la déportation, pour avoir conspiré en faveur des Bourbons. Je me trouvai l'année suivante à Alençon, en Fructidor, au moment où le malheureux Pichegru allait éprouver le même sort, et pour la même cause, ce que j'étais loin de prévoir : je communiquai donc verbalement cette fable à quelques mécontens que j'entendais murmurer contre le Directoire, persuadé qu'ils en applaudiraient la morale, qui ne pouvait déplaire qu'à ses agens. Quelques personnes m'en demandèrent copie, ce que je refusai, et je fis bien; c'eût été m'exposer sans fruit, et me perdre à plaisir; car un essaim de frelons de la gent Jacobine, couverts d'un masque populaire, bour-

donnèrent à mon oreille, et dirent : « que puisque les animaux n'étaient pas
» heureux, il n'avaient pas tort de changer de régime. »

Je répondis à ces censeurs peu sensés que...

> *Jadis les animaux lassés*
> *De n'être pas heureux ; l'est-on jamais assez !*

ne signifiait autre chose en prose que , jadis les animaux lassés de n'être pas
assez heureux à leur gré, voulurent de l'état changer l'ancien régime , et
qu'ils avaient justifié ces deux vers de Voltaire , et qui font épigraphe :

> *Rien n'est plus périlleux*
> *Que de quitter le bien pour être mieux.*

La suite des événemens ne l'a que trop prouvé !!...

Or , voilà la moralité au moins démontrée , quant aux négligences de
style qu'on reprochait à cette pièce, j'observais que la fable n'était rien
autre que la vérité légèrement vêtue, que la simplicité composait sa parure,
qu'elle ne pouvait pas toujours être gracieuse, et que n'ayant jamais intention de séduire, elle n'avait pas besoin de se farder pour plaire, et devait
encore moins se charger de lourds et pompeux ornemens, qu'enfin , pour
fixer ses amans, il lui suffisait d'en être reconnue ; que pour y réussir, elle
devait laisser transparaître ses formes naturelles, qui ne pouvaient déplaire

> *Qu'à la cruelle tyrannie,*
> *Du genre humain implacable ennemie,*
> *Qui craignant son aspect repousse son miroir,*
> *Et le brise en éclats , honteuse de s'y voir.*

Plus d'un licencieux apôtre de la liberté se reconnut , et se tut, j'aurais dû
faire de même; mais l'amour-propre que je mis à défendre cette pièce, m'en fit
soupçonner l'auteur.

A travers mille et un pamphlets qui m'assaillirent ; un homme
d'esprit caustique , mais qui ne partageait pas les opinions de ces petits *Brutus français*, m'adressa la pièce suivante, qui donna lieu à une
querelle polémique, que je mets aujourd'hui sous les yeux du lecteur,
parce qu'elle fut pour moi la source de la plus odieuse persécution. Mon agres-
seur en me provoquant, le 10 Fructidor an V (1797), ne présumait pas
que 8 jours plus tard, ma sûreté personnelle aurait été compromise en m'ex-

1 . . .

posant à lui répondre, je lui dois cette justice, il prévoyait encore moins que, par suite des dégoûts qu'amenèrent de fâcheux résultats, même en triomphant de lui, il aurait réduit dix-sept ans ma muse au silence.

PALINODIE IRONIQUE,

Par M. LAVOINE, d'Alençon.

—

PARDON, pardon, mon cher monsieur Courtois,
Quand j'ai frondé votre ouvrage admirable,
    Je n'avais pas réfléchi, je le vois,
      Ou bien, avant de lire votre fable,
De bons auteurs m'auront gâté, je crois.
Ce Jean si bon, ce naïf La Fontaine,
Les vers si doux qu'il composait sans peine,
Me semblaient mieux valoir que tous vos riens,
Mais, quand j'ai tort bonnement j'en conviens.
Pardonnez-moi, sublime et grand génie,
Vos vers ronflans me paraissent hachés,
Durs, rocailleux, sans aucune énergie,
Un tas de mots, l'un à l'autre accrochés.
Je ne pouvais me faire à votre style,
Rien à mes yeux ni paraissait facile ;
Je crus vos vers d'un cerveau trop stérile.
Pardon, pardon, mon cher monsieur Courtois,
Je m'aperçois que je suis bien coupable,
Oui, vous serez toujours inimitable,
    Pour imiter, il faut lire deux fois.

Cette palinodie, qui décelait de la facilité et de l'esprit, me parut digne d'une réponse ; et quand on a la raison et l'équité pour soi, on doit, avec du bon sens, triompher de l'esprit.

RÉPONSE.

Je vous ai lu, mon cher, et compris avec peine,
    C'est la faute de votre veine,
    Ou bien, celle de mon cerveau;
    Si je suis loin de La Fontaine,
    Vous êtes loin d'être Boileau.
Quand cet auteur frondait un écrivain inepte,
Toujours à la critique, il joignait le précepte,
Et vous, d'un trait malin, vous blessez méchamment,
Sans dire le pourquoi, sans dire le comment :
Car soyons francs, pourquoi votre palinodie,
    Fait-elle ici rougir ma modestie,
En m'accusant d'oser, sans rime ni raison,
Avec de grands auteurs, faire comparaison ?
    Quand votre muse envenimée,
    Près d'un géant met un pygmée,
C'est montrer de l'esprit en dépit du bon sens;
Vous voulez faire rire et c'est à vos dépens;
    Car, si tous deux dans leur structure,
Sont conformés selon les lois de la nature,
    Tous deux trouvent des partisans.
Le singe comme vous de hideuse figure,
    En grimaçant aux regards des passans,
    Est le seul ridicule en cette conjoncture.
Mais revenons au but. J'avoue ingénument
Que je ne comprends pas le sens énigmatique
    Du trait tant soit peu satirique,

Dont accoucha très-difficilement,
Dans cet écrit, votre verve caustique,
Quand vous dites : « pardon, mon cher monsieur Courtois,
» Je m'apperçois que je suis bien coupable,
    » Oui, vous serez toujours inimitable,
    » Pour imiter, *il faut lire deux fois* :
Peut-être à la première, en me lisant, l'on baille ;
Si tel est mon malheur, ma muse seule à tort,
Gardons-nous d'imiter l'auteur qui nous endort.
Vous m'imitez pourtant, ne faisant rien qui vaille :
A faire des bons mots votre esprit se travaille,
Avec vous-même au moins tâchez d'être d'accord :
S'il faut être Boileau, La Fontaine, ou Voltaire,
Pour élever la voix, commençons par nous taire.
Je vais vous y forcer, censeur trop mal-adroit ;
Vous vous tuez vous-même, et vous perdez la tête,
Vous divaguez vous dis-je, oui, je vous le répète,
Je vous le prouve encore en cet endroit.
Parez ce coup, vous ne serez pas bête,
    Attention : La Fontaine, je crois,
    Mérite bien que *deux* fois on le lise,
    Si vous craignez qu'on ne vous rivalise,
    Imitez-le, je vous le donne *en trois*.

Cette réponse sage et modérée, pour repousser l'arme du ridicule, mit les rieurs de mon côté ; le courroux de mon adversaire s'en aigrit, et faute de logique ou d'argumens, il me décocha l'épigramme suivante.

ÉPIGRAMME.

O que Courtois fait bien un vers obscur !
Comme il a de ce genre attrapé l'excellence !
    Comme son Apollon est sûr
De vaincre d'un seul mot l'humaine intelligence !
N'en soyons pas surpris : ce ton mystérieux,
Est en effet le vrai ton qu'il faut prendre :
    La poésie étant le langage des dieux,
Des mortels comme nous n'y peuvent rien comprendre.

Je trouvai cette épigramme dans les œuvres de Piron, et j'y répondis aussitôt par cet in-promptu.

RÉPONSE.

Quoi, dans les œuvres de Piron,
  Vous osez, hardi plagiaire,
  A l'exemple de maint corsaire,
    Ou pirate de l'Hélicon,
  Aller piller une épigramme,
Que vous me décochez ici sous votre nom !
Ah ! je ne dirai plus cette fois, sur mon ame,
Lavoine écrit toujours sans rime ni raison :
Mais il est mal-adroit en affaire pareille,
J'entends des sombres bords, en cette occasion,
La Fontaine tout bas me souffler à l'oreille,
C'est l'âne recouvert de la peau du lion.
Dieu me pardonne, Eh ! je crois que je raille,

J'ose gaîment riposter à vos coups.
Pour la dernière fois je vous livre bataille.
Pourrai-je jamais bien être habillé par vous?
Aucuns de vos habits ne sont faits à ma taille.

SATIRE

De Monsieur LAVOINE.

Des auteurs morts, si j'emprunte les dents,
C'est que je veux vivre avec les vivans,
    Je montre les miennes pour rire ;
    Mais regardez mon râtelier,
En bonne foi, vous conviendrez, beau sire,
    Qu'il a de quoi vous effrayer.
    O vous qui vous mêlez d'écrire !
Croyez-vous donc, petit *Geoffroi* (1) l'ânier,
    Avoir droit de nous ennuyer,
Et sans que nous ayons le droit de vous le dire ?
Quoi ! parce qu'un Midas, vantera vos écrits,
Vous vous croirez au rang des beaux esprits !
    J'ai lu dans certaine satire:
Un sot trouve toujours un plus sot qui l'admire.
Appliquez-vous ce vers, monsieur Courtois, pardon,
Je vous cite Boileau, quand vous citez Pradon ;
Me renvoyer à lui c'est me faire une injure,
Et fort mal acquitter le prix d'une leçon.

---

(1) Célèbre censeur, alors rédacteur du journal des débats.

Si vous y revenez, pour le coup je vous jure,
    Que je vous mordrai tout de bon,
Et que d'un habit neuf, si je vous prends mesure,
Vous m'en devez payer chèrement la façon.

———

RÉPONSE.

———

GARDE à vous, mes amis, messire Aliboron,
    Qui selon moi n'est qu'une rosse,
    Montre les dents quand on le rosse,
       Lassé de brouter du chardon,
Dans les bourbiers de l'Hélicon.
Tout aussi fier qu'un cheval de carrosse,
    Ou qu'un vigoureux étalon,
    Il rentre enfin dans son étable,
    Y trouve bon lit, bonne table,
    Il a de tout ample provision.
    L'aventure n'est point étrange,
    Et le proverbe a bien raison,
    Celui qui gagne mieux le son
    N'est jamais celui qui le mange.
Tel un mauvais valet, coûte plus cher qu'un bon.
    Pour le lecteur quelle leçon !
    Aliboron vient de me dire,
    Que meublé d'un bon râtelier,
    Il défait son cavalier.
    Gardez vous de monter le sire,
    Il est capable, dans son ire,
    De renverser son écuyer,

Et le roulant sur son fumier,

Il ferait rire la cohue,

Qui toujours nous berne, et nous hue,

Quand par un âne renversés,

Elle nous voit honteux d'en être éclaboussés.

ÉPIGRAMME

Au même qui me fatigait de ses réponses.

———

DEPUIS huit jours entiers, muse avec toi je cause,

Il est temps à la fin que Pégase repose,

Il doit être bien las; mais pour le restaurer

Je m'en vais lui donner *l'avoine* à digérer.

Un ami de mon adversaire, le voyant battu, s'arma contre moi pour me combattre, et crut me terrasser par l'épigramme suivante.

ÉPIGRAMME.

———

LAVOINE, et Courtois sont discords,

Et du luth d'Apollon disputent les accords ;

Mais entre eux deux, je le confesse,

Je ne trouve pas de rapports ;

Le premier, à la grace, à la délicatesse,

Réunit l'esprit, la finesse,

Et le bon sens, et la raison,

Tout en un mot : l'autre est un histrion,

Qui dans sa folle ivresse,
Croit que tout devant lui, doit baisser pavillon;
Et qui va sans réflexion,
De ses vers monstrueux faire gémir la presse;
Mais ils feront toujours mauvaise *impression.*

RÉPONSE.

———

Parmi tout ce peuple Frelon,
Dont j'ai dissipé la cohue,
Penses-tu que je m'évertue
A te chercher, indigne moucheron?
On perd, et son temps et sa vue,
A découvrir un insecte, un ciron.
Faible soutien du pauvre aliboron,
Bientôt ton imprudente audace
Recevra sa punition,
Et croyant gravir le parnasse,
Eprouvera le sort du papillon.
Je te prédis ta sentence mortelle,
Et je te vois déjà brûler à la chandelle.

———

~~~~~~

PAMPHLET ANONYME,

Par un Jacobin qui m'avait dénoncé comme royaliste.

———

MONSIEUR Courtois se prend vraiment pour un flambeau,
En approchant de lui l'on trouve son tombeau !
Orgueilleux vers luisant , qui rampez sous pégase ,
    Prenez garde qu'il vous écrase ,
    Vous avez tort d'en approcher ;
Un reptile doit il prétendre à l'enfourcher ?
Mais déjà vous suivez un conseil salutaire ,
  . Et dérobant aux yeux votre pâle lumière ,
Qui ne peut ressortir qu'à l'ombre de la nuit ,
    Vous sentez , insecte superbe ,
    Qu'à ramper vous êtes réduit ,
Et prudemment vous vous cachez sous l'herbe (1)

———

(1) À peine débarrassé d'un moucheron du Parnasse , les cousins révolu-
tionnaires firent entendre leur trompette , signal précurseur de leur piqûre.

Cette trompette devait être pour moi la trompette *du jugement dernier* ;
il n'y avait point d'appel ; car la journée du 18 Fructidor venait d'arriver.
La proscription de Pichegru fut le triomphe du Directoire sur le royalisme ;
et , moi qui venais de m'en déclarer l'apôtre , en me montrant le partisan
d'une fable qui provoquait son rétablissement , je me vis dénoncé , arrêté
sur un mandat d'amener , et traduit au Conseil municipal , qui , après avoir
verbalisé , trouva qu'il y avait lieu à accusation. Quel eût été mon sort,
si je n'eusse eu l'adresse d'échapper aux sbires qui me conduisaient à la
maison d'arrêt!.. réfugié chez un ami qui avait favorisé mon évasion, je
reçus ce *Pamphlet*, qu'on reconnut pour être de la main de mon dénoncia-
teur, ancien membre du *Comité de surveillance.*

Je ne le nomme pas aujourd'hui, persuadé qu'il se sera converti , ou du
moins amendé en changeant de masque , comme tant d'autres !... Il
emprunta , dit-on, celui de la vertu ; il s'est enrichi dans le temps où
les emprunts forcés étaient en vigueur, et pour ces sortes de gens ils sont
encore à la mode.

Mais , *La Caque sent toujours le Hareng.*

<div align="right">Pour</div>

Pour vous soustraire au trait qui vous poursuit.

Que de sots comme vous, dont l'espèce fourmille,

Devant de plus sots qu'eux, passent pour gens d'esprit !

D'un peu d'éclat, la nuit, si le *ver* luisant brille,

Au grand jour, il n'est plus qu'une laide chenille,

Et se voit écrasé comme insecte qui nuit.

RÉPONSE.

Si l'on doit écraser tout reptile,

    Serpent, vipère, ou crocodile,

Vous-même faites bien de vous soustraire aux coups

De tant d'honnêtes gens irrités contre vous :

    Mais le manteau de l'anonyme

    Ne couvre pas toujours le crime,

Sombre, inquiet, rêveur, et par elle abattu,

Souvent il se démasque aux yeux de la vertu ;

    Et son châtiment légitime

    Tôt ou tard venge la victime,

    Contre laquelle on était prévenu.

    Pour mon persécuteur vous êtes reconnu.

    Des suites de votre censure

    Devait pour moi résulter la prison ;

    Mais je brave votre morsure,

    L'amitié pensa ma blessure,

Et l'estime publique est mon contre-poison :

Un peu d'huile de Lys, à ce que l'on m'assure,

Loin des *Brutus Français*, sera ma guérison.

  Je partis aussitôt pour la Belgique, et j'adressai à M. Lavoine l'épître suivante : j'ignore si elle lui est parvenue.

MA RÉCONCILIATION,

Epître à M. LAVOINE.

Mon cher Lavoine enfin , tel est mon caractère ,
Que je serais honteux de battre un homme à terre !
J'ai le cœur pour cela trop sensible et trop bon.

  Laissons le fiel à la vipère ,
  Quand je suis franc, soyez sincère.
  Cessons d'écouter la colère,
  C'est une aveugle passion ,
  Qui trop souvent en fureur dégénère.
  Dans un favori d'Apollon ,
Il m'est plus doux de rencontrer un frère ,
Qu'un implacable et jaloux adversaire ,
Qui prétend dominer sur le sacré vallon.
Quand on est le plus fort, on croit avoir raison ;
Et moi précisément je fais tout le contraire ,
Vous m'avez attaqué, je vous ai repoussé ,
Et j'ai vraiment regret de vous avoir blessé ;
  Mais le mal n'est pas incurable.
J'ai respecté vos mœurs , ainsi que votre honneur ,
Et la blessure au moins ne peut aller au cœur.
D'une indigne noirceur mon ame est incapable :
A mon tour envers vous, oui je me sens coupable,
J'eus tort de vous traiter d'abord d'Aliboron,
Mais pourquoi me traiter le premier de Fréron?
Ainsi que nous l'a dit un auteur estimable ,

» On se voit d'un autre œil qu'on ne voit son semblable. »
Pardon, encore un coup, de la comparaison ;
Mais j'ai cru, vous fixant avec une lorgnette ;
  Voir en vous une grosse bête ;
C'était par le gros bout ; puis en la retournant,
Vous etiez si petit près de moi bourdonnant,
  Que je vous pris dans cette conjoncture,
Pour un mauvais cousin, dont je crains la piqûre.
Vous n'êtes, Dieu merci, méchant ni rancuneux,
Et moi, je ne suis pas plus que vous venimeux.
De l'âne, j'en conviens, nous avons la malice,
Et pour tel, je le vois, nous nous prenions tous **deux** ;
  Mais erreur, dit-on, n'est pas vice,
Je me plais maintenant à vous rendre justice.
Si vous n'eussiez été digne de mon courroux ;
Vous ne m'auriez pas vu riposter à vos coups.
Regardons-nous avec les yeux de la nature,
  Mettons fin à cette aventure,
Ne prêtons plus à rire à bien des gens,
Qui se sont amusés sans doute à nos dépens.
  Pourquoi se mettre à la torture,
Et montrer de l'esprit en dépit du bon sens ?
  Sommes-nous tous deux journalistes,
  Pour être injustes et méchans ?
N'imitons pas non-plus ces auteurs fatalistes,
Dont l'infame métier est d'être libellistes.
Ah ! bravons désormais ces caustiques censeurs ;
Tous deux par l'amitié, réunis pour la vie,
  Loin des méchans et de l'envie,
  Cultivons en paix les neuf sœurs.

 Ainsi se termina cette querelle polémique ; mais en partant pour ma
nouvelle destination, j'adressai à ma muse les couplets suivans.

AIR: *J'ai vu partout dans mes voyages.*

ADIEU Muse, adieu la science :
Fait elle jamais le bonheur ?
Dormons en paix dans l'ignorance,
Laissons-nous bercer par l'erreur.
La critique qui toujours veille,
Sur les arts, verse son poison :
Voltaire en commentant *Corneille*,
Etait censuré par *Fréron.*

Ne sortons pas de notre sphère,
Et dormons d'un profond sommeil ;
Le bonheur est une chimère,
L'erreur nous attend au réveil.
Loin des méchans et de l'envie,
Sachons toujours borner nos vœux ;
Car, pour être heureux dans la vie,
Il faut rêver qu'on est heureux.

Du passé perdre souvenance,
Jouir tant qu'on peut du présent,
Conserver toujours l'espérance
D'un avenir plus consolant ;
C'est la pierre *philosophale*,
Que cherche plus d'un imprudent,
Qui trouve la Pierre *infernale*,
Dont le touche un censeur mordant,

Apres un petit intermède de 16 ans, le retour de la Paix et des Bourbons, réveilla ma muse endormie à l'exemple d'Epiménide ; ce fut à Perpignan que ce réveil subit s'opéra, le 10 Avril 1814. A l'heureuse nouvelle de l'entrée des Alliés, au récit de la clémence d'Alexandre, ému, attendri, touché de sa conduite vraiment magnanime envers les habitans de la capitale, j'improvisai ces couplets.

A MA MUSE ENDORMIE.

AIR : *Ici faisons défense expresse.*

VICTIME d'une secte impie,
Après avoir dormi seize ans,
Sors enfin de ta léthargie,
Réveille-toi, Muse, il est temps; (*bis*)
Contemple un nouvel Alexandre,
Qui se vengeant par des bienfaits,
Nous rend les Bourbons et la paix,
Quand de *Moscou* fume la cendre. (*bis*)

S'il eût usé de représailles,
Ce prince si grand en vertus,
Paris, tes superbes murailles,
Aujourd'hui n'existeraient plus; (*bis*)
Mais modéré dans la victoire,
Il rend le calme à l'Univers,
Il a mis la discorde aux fers,
Voilà la véritable gloire. (*bis*)

Je dis avec la France entière,
En chantant le retour des Lys,
A qui donc faisions-nous la guerre,
Les Russes étaient nos amis. (*bis*)
Rendons grace à la Providence,
Qui les à conduits dans Paris.
La Paix ! moyennant un *Louis*,
Ce n'est pas trop payer, je pense. (*bis*)

2.

COUPLETS

Chantés sur le théâtre de Perpignan, à l'époque de la Paix, et du retour de l'auguste famille des Bourbons.

Air : *Du pas redoublé de l'Infanterie.*

Français, après de longs travaux,
Que la paix a de charmes !
Goûtez les douceurs du repos,
Soldats : posez vos armes.
Vous avez porté vos exploits,
Aux bornes de la terre,
L'humanité reprend ses droits,
Bellone doit se taire.

Pour nous brillent des jours nouveaux ;
Des Rois le vrai modèle,
Braves guerriers, sous ses drapeaux,
Maintenant vous rappelle ;
Soldats, pour défendre *Louis*,
Gardez votre vaillance ;
Que les oliviers, et les lys
Refleurissent en France.

Si du Dieu que nous adorons,
Les bons Rois sont l'image,
Au règne auguste des Bourbons
Nous devons rendre hommage.
Heureux, sous leurs paisibles lois,
S'il faut encor combattre,
Ne vous armez plus qu'à la voix
Des enfans d'*Henri quatre.*

APOTHÉOSE

Du poète DELILLE, *membre de l'Institut.*

TRADUCTEUR de Virgile ,
Et chantre *des jardins* , (1)
Toi qui sus par ton style
Et par tes Vers divins ,
Ramener *la pitié* dans le cœur des humains ,
Tu décelas dans ton Poëme,
Où sillonne en éclairs *l'imagination* ,
Ton esprit inventif, et ton talent suprême.
Dans ton *Homme des champs* , mainte description ,
Des richesses de la nature ,
Etalant la vive peinture ,
Excite justement notre admiration.
Sans te borner à la traduction ;
On te vit voler de tes ailes ,
Au sommet du sacré Vallon ,
Et te placer au rang des illustres modèles ,
Aimés des doctes Sœurs , et chéris d'Apollon.
O disciple de Triptolême !
Avec quel art tu décris les Moissons ,
Les fleurs, les fruits, de toutes les saisons !
Cérès applaudit elle même ,
Quand de les cultiver tu dictes des leçons ;

(1) Cet homme célèbre est auteur des poëmes ainsi désignés , et mourut peu de temps avant le retour de la Paix, et de l'auguste famille des BOURBONS.

Je la vois, de concert avec Flore et Pomone;

Reconnaître tes soins, et savoir t'en payer,

En unissant le Lierre au Laurier,

Dont aujourd'hui; la main des muses te couronne:

DELILLE, toi l'honneur du Parnasse Français,

La cruelle *Atropos* tranche ta destinée ! ! !

Tu descends dans la tombe à l'heure fortunée,

Où l'affreuse discorde expiant ses forfaits,

Dans le fonds des enfers, va languir enchaînée ;

Tu meurs sans avoir vu le retour de la *Paix* !

Son olivier sacré se mêle à ton *Cyprès* !

Tu ne peux la chanter, cette belle journée,

Où les BOURBONS nous sont enfin rendus;

Pour relever les *Lys* par l'orage abbatus ;

Où le Printemps renaît, où la publique joie,

Après de longs malheurs, dans nos cœurs se déploie !

De ces momens si doux le tien n'a pu jouir,

Vieilli dans les travaux, appesanti par l'âge,

Ce jour t'eût rajeuni pour en tracer l'image.

A l'aspect de Louis si tu devais mourir,

Tu serais mort du moins de l'excès du plaisir !

Ah ! que dis-je mourir ?.. Ta carrière est finie ;

Mais tu renais pour la postérité ;

Car tel est le droit du génie,

Que dans un corps mortel cessant d'être arrêté ;

Il ne quitte jamais le désert de la vie

Que pour voler à l'IMMORTALITÉ.

ACROSTICHE

A mon ami J.-B.^{te}, qui m'invitait à dîner le jour de sa fête, avec sa prétendue.

J'attendais ce beau jour pour célébrer ta fête ;
Et l'amitié, daignant me servir d'interprête,
Avec son frère amour vient de s'associer,
Nul d'entre nous n'aura le droit de s'ennuyer.

Bacchus charmant convive, et buveur délectable,
Animera pour toi notre joyeux festin :
Puisque ce dieu païen doit présider à table,
Toi, Jean-Baptiste, bois, sans baptiser ton vin ;
Il vaut bien mieux pour nous, que les eaux du Jourdain.
Si le baptême sert pour épurer notre ame,
Tu sens que le bon vin d'un beau feu nous enflammé,
Et que pour notre corps il est beaucoup plus sain.

ÉPIGRAMME.

Ami ; que fais-tu là ? Qui, moi ? je m'évertue,
Je m'amuse quelques instans,
Et m'essaie à tuer le temps.
« Pauvre rimeur ! perdu dans la cohue,
» Tu ne vois pas, ivre d'un grain d'encens,
» Que c'est le temps seul qui te tue. »

RÉPONSE,

Ami, ton observation,
Réveillant mon attention,
Eteint le feu de mon délire,
Et détruit mon illusion.
En relisant mes vers, je fais réflexion,
Ma Muse gémit et soupire,
Et mes yeux semblent leur dire,
« Pauvres petits infortunés !
» Vous êtes morts avant que d'être nés. »
Chers enfans! votre père, avant que de vous suivre,
Se voit avec regret forcé de vous survivre ;
Il n'en est pas ainsi des auteurs à talens,
Apollon leur prête sa Lyre,
Et le Poète qu'il inspire,
Sera toujours respecté par le temps

COUPLETS.

AIR : *Le Magistrat irréprochable.*

Le temps abaisse les montagnes,
» Le temps change le lit des mers,
» Le temps dévaste les campagnes,
» Le temps change tout l'Univers ; (*bis*)']
Mais malgré les métamorphoses
Qu'on lui voit sans cesse opérer,
Le temps respecte bien des choses,
Que l'avenir doit admirer !

Le temps, planant sur les nuages,
Que la foudre vint enflammer,
A su dissiper les orages,
Qu'il vit à ses pieds se former.
Le temps, par d'étonnans miracles,
Du destin suivant les décrets,
Triomphant de tous les obstacles,
Nous rend les BOURBONS et la Paix.

Le temps respecte le génie,
Et l'héroïsme, et la valeur,
De tous ceux qui pour leur Patrie,
Sont morts au poste de l'honneur;
Le temps porte enfin sur ses ailes,
Leurs noms à *l'immortalité*,
Afin qu'ils servent de modèles,
Un jour, à la *Postérité*.

SATIRE IMITÉE D'HORACE.

JE ne sais quel auteur nous dit,
Que s'amuser de tout, c'est là le bon esprit :
Qu'importe, j'ai du moins retenu ce passage,
Suivons ce précepte fort sage,
Et rions aux dépens des fous,
Qui s'amusent souvent aux nôtres;
Nous n'aurons aucun tort, ni les uns, ni les autres,
Si la gaîté rit avec nous.
Pour m'étourdir sur les maux de la vie,
J'ai chanté le plaisir, j'ai chanté les amours,

*Et trouvé le bonheur qui me fuyait toujours.

    Maintenant que l'amour, et les plaisirs s'envolent;
Dans le sein du repos, les Muses me consolent
    De la perte de mes beaux jours.
    Je lis, j'écris, j'observe, et j'étudie
    Les caractères différens,
    Que je vois prendre à bien des gens....
    Qui, mieux que moi, jouant la comédie,
    Sont, suivant les lieux et les temps,
Avares, généreux, fourbes, bons, ou méchans;
    Qui chantent la Palinodie,
    Ou sont détracteurs des talens,
    Aujourd'hui pleins de modestie,
    Et demain, vains, Ambitieux,
    Egoïstes, présomptueux,
    Vils esclaves de la fortune,
Tant qu'à leurs vœux on la voit opportune;
Ecrasant l'indigent du poids de leur orgueil,
Sans daigner seulement l'honorer d'un coup d'œil;
    Encore bien moins d'un sourire,
    Que leur interdit la fierté,
Et qui d'un sot rampant flatte la vanité.

    Moi, la gaîté fait ma philosophie;
Je ris toujours du bien, et je gémis du mal :
Quand il m'est personnel, aisément je l'oublie.
Ce monde, selon moi, n'est qu'un vrai *carnaval*;
Où chacun se déguise, et danse à sa manière.
Les uns vont en avant, les autres en arrière;
Conduit par la raison, j'entre dans ce grand-bal,
Où je suis coudoyé sous les yeux de Minerve,

Qui du plaisir croyait prendre sa part ,
Et dans un coin se retire à l'écart :
Près d'elle , de nouveau , j'examine , j'observe ,
Je sors pour me livrer aux transports de ma verve ,
Et veux du ridicule esquisser le tableau ;
Mais bientôt je m'arrête en mon fougueux délire ,
Je m'observe moi-même , et je me dis : *Tout beau ,*
Moi , qu'on ne vit jamais censurer ni médire ,
Est-ce pour critiquer que j'accorde ma lyre ?
Dois-je m'en étonner ? j'ai près de moi Boileau ,
Horace , Juvénal , et je viens de les lire ,
Voilà pourquoi j'étais enclin à la satire :
Muse , tais-toi , silence , et laisse en paix les gens ,
Moi-même j'ai besoin qu'ils me soient indulgens.

COUPLETS

*Sur la bénédiction des Drapeaux du 10.ᵉ Régiment,
Colonel-Général, infanterie.* (Décembre 1814.)

AIR : *Jeunes Amans ,* etc.

CHANTONS les Bourbons et la paix :
Par d'heureuses métamorphoses ,
Aux lieux qu'ombrageaient les cyprès ,
Le plaisir vient semer des roses.
Les Lys ornent vos étendards ,
Généreux soutiens de la France ,
Soyez toujours de nos remparts ,
L'honneur, la gloire , et l'espérance. (*bis*)

On vit jadis le bon Henri,
Pour qui la gloire eut tant de charmes,
Vainqueur dans les plaines d'Ivri,
Mouiller ses lauriers de ses larmes.
Il transmit à ses successeurs,
Son exemple, et ses droits au trône :
Français, soyons les défenseurs
Des héritiers de sa couronne.

De ce Roi, grand par ses vertus,
Par sa bonté, par son courage,
Les petits-fils nous sont rendus,
Après le plus cruel orage,
De *Louis* chantons le retour,
Fêtons ce prince magnanime,
Lui seul mérite notre amour,
Il est notre Roi légitime.

Que le Lys, cette auguste Fleur,
Se rattache à notre *pensée*,
Et pour raviver sa chaleur,
Sur notre cœur reste placée.
Loin de l'hiver et des autans,
Qu'elle y soit l'objet de nos veilles ;
Mais sauvons la dans tous les temps,
De la piqûre *des abeilles.*

LA BELLE ET LA FLEUR,
ROMANCE.

Air à faire, *ou daignez m'épargner le reste.*

LA beauté ressemble à la fleur
Que le Soleil a fait éclore,
Que trop de froid, ou de chaleur,
Bientôt flétrit et décolore.
Des passions, dans le printemps ;
Le souffle orageux nous dévore,
Comme l'on voit dans tous les temps ;
La grêle, ou les fougueux autans,
Ravager les jardins de *Flore.*

La rose, du flambeau du jour
Doit craindre la vive lumière ;
Mais craignez encor plus l'amour,
Nous dit la *sagesse* sévère :
Pour embraser un jeune cœur,
Il ne lui faut qu'une étincelle ;
Mais le voile de la pudeur
Est ce que l'ombre est à la fleur,
S'il couvre le front d'une belle.

Tel que le Papillon léger,
Qui caresse les fleurs nouvelles,
L'amour se plaît à voltiger,
Sur le sein de toutes les Belles :
Il devrait tenir le milieu,

Entre la Brune , entre la Blonde ;
Mais par malheur , ce petit Dieu ,
Qui de trahir se fait un jeu ,
Se plaît à tromper tout le monde,

Belles , du jardin des amours ,
Vous êtes les Fleurs printanières,
L'immortelle dure toujours ,
Et les autres sont passagères :
Mais pour sa mère , Cupidon
Ne cueille que les jeunes roses ,
Il les prend toutes en bouton ,
Et ne laisse à l'hymen, dit-on ,
Que celles qui sont bien *écloses*,

L'AMOUR ET L'AMITIÉ,

AIR : *Comme j'aime mon Hippolyte,*

DE l'amour et de l'amitié,
Les traits ont quelque ressemblance ;
Ils devraient être de moitié,
Pour embellir notre existence :
Mais hélas ! le Frère et la Sœur ,
Diffèrent trop de caractère ,
L'amour est volage et trompeur ;
L'amitié constante et sincère. (*bis*)

Tous

Tous les deux portent un flambeau ;
Pour mieux nous embraser sans doute ;
Mais l'Amour avec son bandeau,
Nous doit égarer dans sa route.
L'amitié tempère l'ardeur
Des feux, qu'en nous son frère allume !
Sa flamme échauffe notre cœur ;
Mais celle d'amour nous consume. (*bis*)

Chacun d'eux, de mainte façon,
Parcourt le cercle de la vie,
L'une marche avec la raison,
L'autre est conduit par la folie :
Tous deux aussi diversement,
Sur nous, étendent leur empire ;
L'amitié n'est qu'un sentiment,
L'amour est souvent un délire (*bis*)

Puis, il a des ailes l'Amour,
Et le fixer n'est pas facile,
Venus ne peut même à sa cour
Captiver ce fils indocile :
Son frère hymen, pour l'endormir ,
Le fait bercer par l'espérance ;
Mais, réveillé par le désir,
Il court, et fuit chez l'Inconstance. (*bis*)

3

LE CAPRICE,

ROMANCE.

AIR : *Au bas d'un fertile côteau.*

Le caprice n'est point l'amour,
C'est le frère de l'inconstance.
Le souffle du zéphir , un jour,
Composa sa frêle existence.
Ce dangereux Caméléon ,
Sous les traits du dieu de Cythère ,
Marche toujours sans la raison ,
Pour être plus certain de plaire.

Le caprice est bientôt vainqueur
De femme légère et coquette ,
L'amour pur émane du cœur ,
Et le caprice de la tête.
Ce dernier est fils de *l'Erreur* ,
Et pour mieux tromper l'innocence ,
Du plaisir il offre la fleur ;
Mais les fruits sont pour la constance.

Le caprice , ce Dieu léger ,
A qui la beauté sacrifie ,
Un jour lassé de voltiger ,
Prit pour femme la *fantaisie.*
Ces époux fidèles , constans ,

Comme on l'est par toute la terre,
Eurent bientôt beaucoup d'enfans,
Qui ne connaissent pas leur père.

Belles, en traçant le portrait
D'un Dieu, dont chacun est victime,
Si je vous l'ai peint trait pour trait,
Votre seul intérêt m'anime :
J'ai mis la morale en chanson,
Morale ! ce mot effarouche ;
Mais si vous chantez mon sermon,
Il gagnera dans votre Bouche.

ÉPITRE PHILOSOPHIQUE,

Sur l'heureux Emploi du temps, les dangers de l'Ambition, et la nécessité du travail.

EMPLOYONS bien le temps, sa perte irréparable,
Contre notre existence est un affreux forfait.
Il vaut pourtant bien mieux le perdre tout à-fait,
Que de le prodiguer par un emploi coupable.
Fuyons des vanités le dangereux attrait.
De nos jours savons-nous le nombre ?
    Ils se dissipent comme une ombre.
    Le *passé* jamais ne revient.
    Le *présent* seul nous appartient,
    Sachons nous le rendre agréable ;
    Car *l'avenir* est incertain :

Puisque la Parque inexorable,

Peut, terminant notre destin,

Nous moissonner, du soir au lendemain.

Un *bien* perdu pour nous est un *mal* incurable.

Utilement occupons nos loisirs.

Ecartons du passé la douloureuse image,

Le chemin de la vie est un étroit passage.

Exempt d'ambition, modeste en ses désirs,

Pour écarter l'ennui dans le cours du voyage,

L'HOMME, dans le travail trouve de vrais plaisirs.

Selon moi, la philosophie

Est *la boussole* de la vie ;

Seule, elle peut nous garantir,

Et des écueils, et du naufrage,

En chassant le sombre nuage,

Qu'amène un tardif repentir.

C'est avec elle que le sage

Ose envisager l'avenir,

Et qu'il aborde le rivage,

Où tout mortel doit parvenir.

De ces réflexions si nous étions capables,

Jamais d'aucuns forfaits nous ne serions coupables.

A quoi sert, en effet, d'être *fourbe*, *méchant*,

Avare, *ambitieux*, quand, sortant du néant,

L'homme en ouvrant ses yeux à peine à la lumière,

Les referme, et s'endort, bercé par la chimère ?

La RAISON cependant l'éveille, et l'avertit

Que ce même *néant*, dont naguère il sortit,

L'attend, pour y fixer son dernier domicile ;

Et qu'il doit retourner à son premier asile.

Ainsi, pourquoi briguer de frivoles honneurs ?

Les faveurs, la fortune, offrent bien quelques charmes ;
Mais ils passent ainsi que des songes trompeurs :
Les GRANDS sont-ils exempts de peines, de douleurs ?
Non, non, le trône même est entouré d'alarmes,
Et, plus les Rois sont bons, plus ils versent de *larmes* !
L'homme probe, ignoré, sage, et Laborieux,
Modeste en ses désirs, est cent fois plus heureux ;
    Dans le sein d'une honnête aisance,
    Il s'élève au-dessus de l'oisive opulence,
    Et du repos il sent mieux la douceur ;
Le pauvre même, en·proie à l'indigence,
Sans trouble, sans remords, étendu sur la dure,
Goûte dans son sommeil une volupté pure,
    Et trouve l'oubli de ses maux.
Dès l'aube matinale il reprend ses travaux,
    Et la gaîté sans cesse l'accompagne ;
Mais plongeons nos regards sur la vaste campagne,
    Nous y verrons encor l'utile laboureur,
Savourer dans les bras d'une aimable compagne,
Ou dans ceux d'un parent, d'un frère, ou d'une sœur,
    Des plaisirs que le riche ignore,
Consumé par l'ennui qui souvent le dévore,
    Au milieu d'un monde trompeur.
    La *médiocrité*, mère du vrai bonheur,
    A l'être pensant doit suffire ;
    Et quand l'ambitieux désire,
    Chez lui l'estime, et l'amitié
    Avec l'Amour sont de moitié,
    Pour Embellir son existence ;
    Et soutenu par l'espérance,
    Il gagne en paix le terme de ses jours.
    Parcourons donc gaîment le cercle de la vie,

Jouissons du *présent* : c'est ma Philosophie.

N'être *jamais* méchant , être juste *toujours* ,

Indulgent pour autrui , sévère pour soi-même ,

Voilà le sage enfin ; et tout le monde l'aime.

S'il se trouve en péril , on vole à son secours.

Et lorsqu'il touche à son heure suprême ,

. Il jouit même encore, à ses derniers momens ,

Du plaisir de se dire : « au tombeau je descends ,

» Pleuré par mes amis , ma femme , et mes enfans :

» Leurs caressantes mains vont fermer ma paupière :

» Ne pouvant leur laisser que ma cendre , en ce jour ,

» Je suis sûr que du moins leur douleur est sincère.

» Au sein de la vertu , je finis ma carrière ,

» J'ai connu l'Amitié , la constance , et l'Amour ;

» Mon ame va quitter ce terrestre séjour ,

» Et retourner au Dieu père de la nature ,

» Comme je la reçus , libre , soumise et pure.

Telle est la fin du *juste* , il fixe en paix le Ciel ,

Et son ame s'envole au séjour éternel ;

Sa tombe est un autel , où l'on vient rendre hommage

Aux vertus dont son nom nous rappelle l'image ,

Tandis que le *méchant* déchiré de remords ,

Avant que de mourir éprouve mille morts.

Grands de la Terre ! en vain une oraison funèbre

Etale votre nom pour le rendre célèbre ,

Nul n'ira de ses pleurs arroser vos cyprès ,

Si votre souvenir n'excite des regrets ;

Et si vos actions que la justice fronde ,

Vous rendirent l'opprobre , et le fléau du monde.

L'orateur éloquent à vos désirs vendu ,

Et voulant vous couvrir d'une ombre de *vertu* ,

Ne peut jeter sur vous qu'une fleur *inodore*,
Que le froid des tombeaux, au même instant dévore :
    Mais avec vous, jugé par la postérité,
Ce flatteur complaisant du crime qu'il encense,
    Sera chargé du poids de votre *iniquité*,
    Et le mépris public sera sa récompense.
Quelle leçon pour vous, mortels vains, orgueilleux,
Indignes descendans de vos dignes aïeux !
    En vain vous prétendez au Temple de MÉMOIRE,
    Si vous n'avez rien fait ici bas pour LA GLOIRE.
Avec vous tout finit : au tombeau descendus,
Parmi d'obscurs mortels, vous serez confondus :
Mais il est deux moyens de vivre dans l'Histoire,
    Le crime, qui fit seul votre célébrité,
    A comme la vertu son immortalité.
Ah ! quand vous approchez de votre heure dernière,
Désirez bien plutôt qu'en un profond oubli,
Votre nom avec vous demeure enseveli.
Aux humains ignorés de la nature entière,
Dans un coin humblement, mêlant votre *poussière*,
A l'aspect du néant, domptez au moins l'orgueil,
Qui vous poursuit encore au-delà du *Cercueil*.
Et vous, vils orateurs, harangueurs débonnaires,
Qui vendez à prix d'or vos talens mercénaires,
    Rougissez d'encenser ces mortels inhumains,
Qui jamais d'un bienfait n'ont honoré leurs mains,
Ces riches au cœur *froid*, coupables égoïstes,
Dont vous êtes encor plus *froids* apologistes.
    L'adulateur vénal des hommes vicieux,
Outrage la *justice*, en insultant les Dieux;
    Il fait *à la Vertu* la plus cruelle injure,
    Et doit être maudit de la race future.

AUX MANES

DE DELILLE, PARNI, ET BOUFFLERS,

Moissonnés en moins de deux ans,

STANCES RÉGULIERES.

J'ENTENDS les Muses éperdues ,
Frapper les échos de leurs cris :
D'où vient qu'à des lauriers flétris ,
Je vois leurs lyres suspendues ?
Apollon lui-même est en deuil ,
Et les trois *graces* qu'il rassemble ,
Près de ses sœurs , pleurent ensemble
Trois grands hommes dans le cercueil.

Parni , Boufflers , comme Delille ,
Ont subi l'arrêt du destin.
Trio charmant *, trio* divin !
Te remplacer est difficile :
Un autre *trio* destructeur ,
Celui des PARQUES inhumaines ,
Cause aujourd'hui les plaintes vaines
Des arts en proie à la douleur.

Je vois le fleuve d'hypocrène ,
Son urne bouillonne et frémit.
Venus , avec son fils gémit ,
Au pied de la docte fontaine ;

Elle semble rouler des pleurs !....
La nymphe en sa grotte profonde ,
Mêle ses larmes à son onde ,
Et l'Echo redit ses douleurs.

Du plaisir aimable interprête ,
Boufflers a rêvé le bonheur ,
Ingénieux chantre du cœur ,
Le cœur aujourd'hui le regrette.
Parni , sur le sacré Vallon ,
De son rival suivit les traces ,
Et tous deux reçurent des graces ,
La Guirlande D'ANACRÉON.

Cypris leur prêta sa ceinture ,
Et *Momus* ses divins grelots.
Au Pinde , à Cythère , à Paphos ,
En recrutant pour *Epicure ,*
On vit ces charmans troubadours ,
Voluptueux avec ivresse ,
Vider la Coupe enchanteresse
Et des plaisirs , et des amours.

Mais le plaisir est éphémère ,
Il ressemble aux fleurs du Printemps.
Depuis tant de siècles , le TEMPS
Respecte la gloire D'HOMÈRE.
DELILLE , dont le souvenir ,
Doit vivre autant que ses ouvrages ,
Traversant *l'océan* des âges ,
Fixe les siècles à venir.

Près du Précepteur d'*Emilie*, (1)
Dont les talens nous sont si chers !
Seront placés , *Parni* , *Boufflers :*
L'esprit , le goût , tout les rallie.
Ces trois estimables auteurs ,
Parcourant des routes fleuries ,
Des roses par leurs mains cueillies
Ont fait un bouquet aux *lecteurs.*

Delille , ainsi que l'aigle altière ,
Mesurant la terre et les Cieux ,
A dans son vol audacieux ,
De *Phébus* fixé la lumière.
Sur le sommet du double mont,
Entre Virgile, Homère, Horace ,
Le génie à marqué sa place ,
Et le Laurier orne son front.

Immortelle, ainsi que notre ame ,
La *Pensée* est fille de l'air.
Le génie est comme l'éclair ,
Dont ont voit sillonner la flamme,
Ce n'est qu'à son divin flambeau ,
Que le feu de l'esprit s'allume ;
Et Virgile a taillé sa plume ,
Sur celle d'Homère au tombeau.

C'est sur la tombe de Delille ,
Que nos neveux viendront pleurer ,

(1) *Démoustier*, auteur des charmantes lettres A EMILIE, sur la
mythologie.

On ne saurait trop honorer
Le digne *émule* de Virgile.
Le grand homme sème des fruits,
Que la postérité recueille:
Heureux le *sage* qui les cueille !
HONNEUR à qui les a produits !

RÉFLEXION TARDIVE.

JADIS Icare ambitieux,
En prenant son vol vers les Cieux,
Tomba pour prix de son audace ;
Moi, voulant gravir le Parnasse,
Je crains un semblable destin.
Sans avoir des ailes de *cire*,
Je puis tomber comme le pauvre Sire,
Ou comme *Phaëton enfin* ;
Qui fut puni d'être trop vain.
De chaque être ici-bas le sort marqua la place,
Aux Bords de l'Hélicon, la Grenouille croasse,
Et par ses accens rocailleux,
Veut en vain imiter le langage des Dieux :
Le papillon léger voltige auprès des graces ;
Mais hélas ! il ne peut long-temps suivre leurs traces ;
Et moi faible escargot, qui ne puis que ramper,
Quel démon m'inspira d'essayer de grimper,
Pour atteindre les bords qu'arrose le Permesse ?

L'aveugle ambition qui , nous flattant sans cesse ,
Ne tient jamais ce qu'elle nous promet.
« Regarde *l'Hélicon* , me dit cette traitresse :
» Si tu peux sur mes pas te traîner au sommet,
» Les neuf Muses viendront te nourrir de leur lait ,
Or *sus* : s'il est ainsi , ces *chastes* Demoiselles ,
Ne sont pas , comme on dit , plus que d'autres *pucelles.*
Plaise aux Dieux que leur lait ne soit pas frélaté ,
Tant d'auteurs *gangrenés* pourraient l'avoir gâté !

MES ADIEUX

AUX PERPIGNANAIS.

A I R : *L'amour , l'Estime et l'Amitié.*

Messieurs , en partant de ces lieux,
De les revoir j'ai l'espérance.
Agréez ma reconnaissance ,
Et mes regrets , et mes adieux. (*bis*)
L'artiste est tout comme un nuage ,
Il change souvent de parage , (*bis*)
Puisse un vent propice à mes vœux ,
Me ramener sur ce rivage ! (*bis*)

F I N.